Giulioo Bizzarri
(Università del Progetto)

Art Caveau
L'invisibile pittura

Biblioteca Oplepiana
N. 20

ISBN: 9788893641852 (libro) – 9788893641876 (ebook)

Art Caveau
L'invisibile pittura
a cura di Oplepo, piazza dei Martiri, 30 – 80121 Napoli (Italia)
Prima edizione: 2005

Ristampa: giugno 2018

Cura redazionale di Eleonora Galloni

http://www.inriga.it

info@inriga.it

https://it-it.facebook.com/inrigaedizioni/

https://twitter.com/inrigaedizioni

https://www.linkedin.com/company/in-riga-edizioni-e-literary-agency

Interrogare l'abituale. Ma per l'appunto ci siamo abituati. Non lo interroghiamo, non ci interroga, non ci sembra costituire un problema, lo viviamo senza pensarci, come se non contenesse né domande né risposte, come se non trasportasse nessuna informazione. Non è neanche più un condizionamento, è l'anestesia. Dormiamo la nostra vita di un sogno senza sogni. Ma dov'è la nostra vita? Dov'è il nostro corpo? Dov'è il nostro spazio?
Come parlare di queste "cose comuni", o meglio, come braccarle, come stanarle, come liberarle dalle scorie nelle quali restano invischiate; come dar loro un senso, una lingua: che possano finalmente parlare di quello che è, di quello che siamo.

Georges Perec
L'infra-ordinario
Torino 1994

Chi era Luigi Orbirazzi?

Luigi Orbirazzi, medico radiologo a Sansepolcro, un giorno
ereditò una discreta ed inattesa fortuna da uno zio americano.
Quel giorno stesso decise di spostare l'attenzione dalle
costole dei corpi umani alle croste dei corpi artistici. Per
vedere meglio, in superficie e soprattutto sotto la superficie,
tanti capolavori della pittura presumibilmente modificati
non solo (dopo) dai restauratori e dai censori ma anche
(durante) dagli autori stessi: sapeva che molti artisti, per
ragioni intrinseche o estrinseche, avevano modificato in
corso d'opera il loro disegno originario. Ma quanti? Quali?
Dove?

Il dottor Orbirazzi si dimise dall'USL, si fornì di sofisticate
apparecchiature per analisi spettrometriche, radiografiche,
microstratigrafiche e col denaro dell'eredità partì. Cinque
anni di lavoro intenso e clandestino - assieme ai due assistenti
Erwin Weber e Lorenzo Soprani si fingeva un turista
qualunque - nei musei di tutto il mondo a impressionare
lastre e pellicole; ai quali seguirono altrettanti anni passati
a svilupparle, ad analizzarle minutamente, a cercare indizi
e a congetturare diagnosi sullo stato primitivo di ogni opera
e sui traumi successivi, in particolare su quelli provocati
dall'autore stesso.

Il lavoro non era molto diverso da quello del suo passato di
medico a Sansepolcro, ma il suo senso e i suoi risultati erano
infinitamente più importanti: la storia e la critica d'arte ne
uscivano dissolte, frantumate, ridotte a una vana chiacchiera
dalla prova dell'immagine scientifica che, mostrando
l'impercettibile, denunciava come posticcio, compromissorio
e banale quel che tutto il mondo ha sempre giudicato in
buona fede un capolavoro.
Orbirazzi ne fu sconvolto. Nei momenti di lucidità meditava
di consultarsi con qualcuno sul modo di render pubbliche
le sue scoperte, che interessavano parecchie centinaia di
capolavori nei secoli. Alla fine vinse in lui la paura di essere
incompreso, deriso, forse anche minacciato. E portò nella

tomba il suo segreto, dopo aver nascosto al sicuro il suo archivio di prove e i suoi quaderni di storico revisionista.

Il 12 ottobre 1999 il "tesoro Orbirazzi" è stato casualmente rinvenuto e affidato al direttore della pinacoteca di una città importante dell'ex Unione Sovietica, il quale ha subito messo al lavoro una squadra di virtuosi copisti, tra i quali ricordiamo Ersi Chatzidimitriou e Sara Tamagnini, incaricati di realizzare riproduzioni dei capolavori mai visti e per sempre invisibili abbozzati su tele e affreschi da Leonardo da Vinci, Piero della Francesca, Giorgione, David, Turner, Munch, Mantegna, Morandi e tanti altri maestri del colore.

Corrompendo il direttore, abbiamo potuto consultare i taccuini inediti con le congetture del dr. Orbirazzi e soprattutto abbiamo potuto fotografare e riprodurre qui le copie delle prime opere riemerse dalle tenebre del passato grazie alla fatica appassionata del timido e modesto radiologo di Sansepolcro.

INDICE DELLE OPERE

Piero della Francesca, *Poesia architettonica* (poi *Flagellazione di Cristo*)

L'arte suprema è sempre stata ineloquente. Muta e gloriosa. Nell'opera di Piero, come affermava Bernard Berenson in un fondamentale saggio del 1950, "i personaggi umani erano esistenze in tre dimensioni *(fig. 1)*, ch'egli forse avrebbe sostituito senza rimpianto con archi e pilastri, capitelli, cornici e pareti scandite"; *(fig. 2)* "non si perdette certo dietro alle figure".
Ben detto da Berenson e ben fatto da Orbirazzi, che con la stratigrafia ha dimostrato scientificamente che, in effetti, nella primitiva versione dell'opera di Piero *(fig. 3)* poi intitolata alla *Flagellazione di Cristo* non c'erano né Cristo flagellato né Oddantonio da Montefeltro martirizzato né altri personaggi in scena.
Solo *poesia architettonica* (la suggestiva definizione è di Francesco Arcangeli, non è ovviamente il titolo pensato dall'autore), il sogno di una casa per l'anima, il luogo delle idee matematiche e delle perfette forme astratte della tradizione platonico-pitagorica.

1

2

3

8

Andrea Mantegna, *San Sebastiano*

Nei suoi viaggi, Luigi Orbirazzi annotava sulla *Moleskine* le sorprese e le emozioni del suo lavoro segreto di radiologo dei capolavori. I russi che hanno in mano quest'agenda, in una pagina scritta a Parigi possono leggere quanto segue: *"Al Louvre la grande sorpresa, la più grande della mia vita. Ho fatto i raggi al San Sebastiano di Mantegna. E da oggi Mantegna è ancora più misterioso ,contraddittorio, sconcertante. Io da oggi so tutto degli arcieri." (fig.2-3)* Effettivamente, con l'aiuto della radiografia e della memorialistica di Orbirazzi, possiamo oggi ripercorrere il processo creativo dell'opera di Mantegna *(fig.1)* riconoscendo come certo un primitivo disegno di putti alati che saettano frecce d'amore sul corpo nudo del personaggio al centro dell'opera *(fig.4)*. Sebastiano martirizzato? I volti duri dei sicari in basso a destra? Le rovine e le architetture come elementi decisivi della figurazione? Un Mantegna aspro e secco che i gusti profani di Giulio Romano faranno presto dimenticare alla corte di Mantova?

Questo e cento altri spunti critici sembrano dissipati dallo spregiudicato "provando e riprovando" che il grande Mantegna dedicava alla ricerca di una composizione fra il bello dei greci e il vero dei cristiani.

1

2

3

4

Edvard Munch, *Il grido della natura* o *Il silenzio*
(poi *Il grido*)

A proposito di arte muta, l'impossibilità di riprodurre il
grido, *das Geschrei*, questo è il limite del potere espressivo
dell'arte, secondo Schopenhauer. Possibile che Munch,
devoto ed entusiasta lettore dell'estetica di Schopenhauer,
abbia preteso di smentirlo o correggerlo proprio su una
questione così capitale?
Secondo Orbirazzi non era possibile. Anche ammesso che
per sperimentare le teorie allora correnti della sinestesi
volesse cercare di dare forma e colore alle esperienze non
visive, non avrebbe mai scelto l'espressione del grido, non
avrebbe mai violato il tabù del suo filosofo. Come conferma
indirettamente Christian Skrevsig, il pittore norvegese che
raccolse le sue confidenze e lo compatì per questo motivo:
Munch era "*triste perchè i poveri mezzi della pittura non
bastavano mai*". E come confermano gli stessi taccuini di
Munch, che a proposito della scena de *L'urlo (fig. 1)* ricorda
l'occasione di una passeggiata con due amici, un'angoscia
improvvisa sul ponte, e poi che "*i miei amici continuarono,
io stavo lì e sentii come un grido forte, infinito che
attraversava la natura*". La natura, era la natura che gridava!
E lui stava muto in ascolto! Le radiografie di Orbirazzi
confermano che la figura umana al centro del dipinto era
assente nella prima pittura ed è stata sovrapposta in seguito,
per una sopravvenuta urgenza o necessità *(fig. 2-3)*. Perciò
dopo la scoperta di Orbirazzi possiamo giudicare
assolutamente arbitrarie e inconsistenti le tradizionali letture
di quest'opera, per esempio quella di Ernst H. Gombrich
sulla versione litografica del 1895: "*Tutte le linee paiono
convergere verso l'unico centro della stampa, la testa
urlante*". D'altra parte, la figura umana, presente in decine
di quadri di Munch, è sempre muta, a bocca chiusa. Con
l'unica eccezione dell'*Autoritratto con febbre spagnola* del
1919, dove sogghigna a bocca aperta. Resta vero che poi
Munch inserì e ripetè quella testa urlante. Chissà perché,
forse solo per sfidare con una conferma chi lo giudicava
pazzo, non certo per rinnegare Schopenhauer.

1

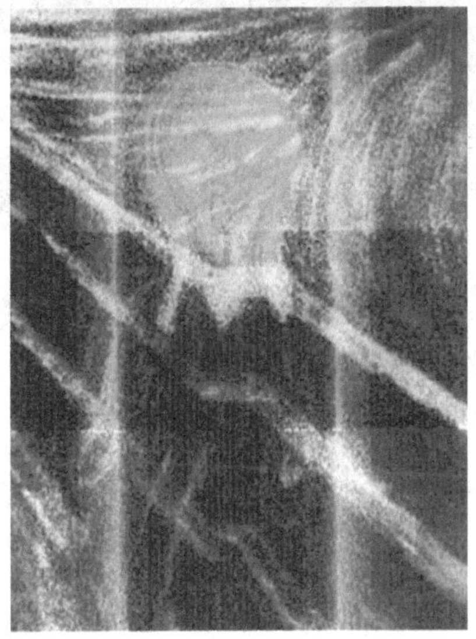

3

Pelizza da Volpedo, *Manifesto femminista*
(poi *Il Quarto Stato*)

Munch si era pentito, o *era stato* pentito. Negli stessi anni, dall'altra parte dell'Europa e agli antipodi dei canoni del primo espressionismo, anche Pelizza da Volpedo, l'artista socialista autore del *Quarto Stato (fig.1)*, si trovava costretto a modificare radicalmente il suo disegno originario. Disegno che, come ha dimostrato scientificamente Orbirazzi, prevedeva, in capo alla sommossa di popolo, non tre figure ma una solamente, quella della donna-madre *(fig.2-3)*. Gli altri due personaggi erano ancora arretrati nella prima fila del gruppo, membri indistinti della massa e ancora non coprotagonisti dell'opera. E l'opera, se così fosse rimasta, sarebbe diventata il manifesto dell'emancipazione femminile, la figurazione realistica della missione storica della donna come agente di liberazione dell'umanità. Insomma, un manifesto troppo ardito per i dogmatici dirigenti del socialismo italiano di cent'anni fa.
Pelizza, per disciplina di partito, subì la censura e cambiò la struttura e il significato dell'opera.
L'iconografia socialista (come si può vedere anche nelle illustrazioni di quegli anni nelle tessere del partito) concedeva solo un uso allegorico della figura femminile, vietando ogni possibile allusione al potere d'oppressione del maschio, borghese o proletario che fosse.
Orbirazzi trovò così, grazie alla radiografia, la prova di quanto aveva cercato, a lungo e invano, nei documenti dell'epoca (carteggi, verbali...): una censura persecutoria sul pittore da parte dei dirigenti del partito socialista, una censura tanto ostinata che nemmeno Anna Kuliscioff, idealmente solidale con Pelizza, era riuscita a mitigarla. E così, opera di ripiego, nacque *Il Quarto Stato*.

1.

16

2

3

Giorgio Morandi, *Sotto a una natura morta*
(poi *Natura morta*) 1920

Luigi Orbirazzi, occhio e mente allenati alla semiotica dalla
professione di medico radiologo e dall'*hobby* di lettore di
detective stories, aveva la passione degli indizi. Anche le
opere d'arte, più che un piacere estetico, gli avevano sempre
suscitato precise curiosità: perchè quello lì è lì? Perché se
c'è quello non c'è anche quell'altro? In domande come
queste esprimeva una sua indole, quasi una seconda natura.
Per esempio, un lungo assillo gli era stato provocato da una
Natura morta di Giorgio Morandi (raccolta Vitali, 1920)
che gli aveva acceso due interrogativi: primo, perché la
bottiglia, caso unico in Morandi, è sdraiata? Secondo (altro
caso unico) perché la base su cui appoggiano gli elementi
della *Natura morta*, cioè il tavolino con una gamba, è così
accuratamente definita? *(fig.1)*
La risposta ottenuta mediante la stratigrafia fu emozionante:
l'esame rivelava con certezza che il soggetto primitivo
dell'opera non era una natura morta, ma un tavolo nudo
davanti ad una parete nuda *(fig.2)*. Perché? A quest'altra
domanda Orbirazzi trovò risposta compulsando
analiticamente le notizie biografiche sul pittore bolognese.
La sua ricostruzione del "giallo" può essere così riassunta:
1918: La rivista bolognese di Giuseppe Raimondi "La
raccolta" pubblica per la prima volta un'incisione di Morandi.
Fra i collaboratori della rivista c'è anche Riccardo Bacchelli,
che sul nuovo quotidiano romano "Il Tempo" del 29 marzo
lancia l'allora ignoto pittore bolognese con una lusinghiera
recensione.Morandi non capì il senso dell'articolo di
Bacchelli: non capì che gli amici de "La Raccolta" (v. anche
l'articolo di Raffaello Franchi nel n.9-10 dello stesso anno)
lo "raccomandavano" sinceramente sui media dell'epoca
per promuoverne una meritatissima fama, ostacolata dalla
sua ritrosia.
Dell'articolo di Bacchelli, complessivamente elogiativo,
Morandi badò solo ai pochi passi contenenti riserve critiche,
quelli capaci di alimentare la sua preoccupata insicurezza
(*"mediocre metafisica..."*, *"nature morte non riuscite"* gli
sembrarono ostili stroncature delle opere a cui aveva lavorato

e stava lavorando proprio in quei mesi; arrivò a chiedersi perché non le aveva distrutte). E soprattutto Bacchelli, sulle *Nature morte*, concludeva testualmente così: "*Sono forse le opere più piene e più gioiose di Morandi, e quelle che dan l'idea d'esser giunte a saturazione. Si pensa che di nature morte non ne farà più*".

1920: Ora, come tutti sanno, Morandi a partire dal '20 tornerà alla natura morta, che frequenterà in una ricerca mai interrotta fino alla morte. Ma ancora nel '20 sicuramente sentiva il giudizio di Bacchelli come un monito e una censura. Per questo (lo dice inconfutabilmente la stratigrafia) provò a dipingere l'habitat della natura morta (il tavolo, il fondo, il pavimento) spoglio delle forme proprie di questo genere di pittura *(fig.3)*, deserto come un palcoscenico senza attori o come certe piazze di De Chirico (che aveva conosciuto nel 1919). Evidentemente non ne fu soddisfatto e, superato il tabù, collocò sul tavolo quelle forme, ritornate nuovamente care. Solo, con spirito luciferino, volle sdraiare la bottiglia perché fungesse da traccia mnesica del suo tormento: se avesse seguito il parere di Bacchelli, per lui la natura morta sarebbe stata *tombée* per sempre.

1

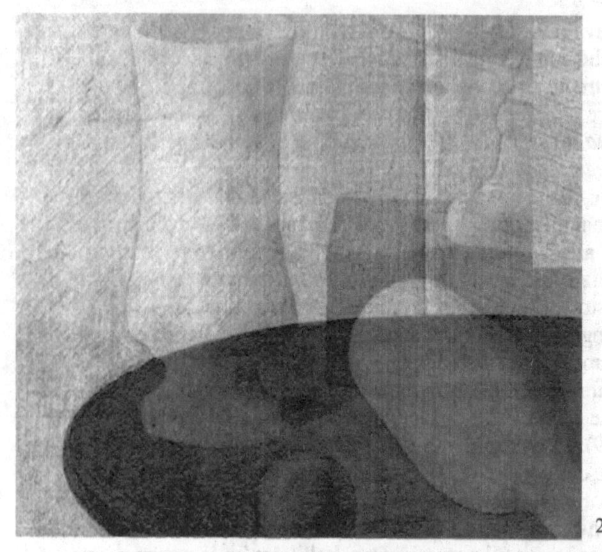

2

3

La Biblioteca Oplepiana [*]

Ruggero Campagnoli
Edulcoranti, con cento tempere,
Coloranti, di Totò Radicchio (1990, 1)

Aldo Spinelli
L'uso delle istruzioni, Rigrafia (1991, 2)

Giuseppe Varaldo
Canto tenero, Mitografemi (1992, 3)

Ruggero Campagnoli
Deliri edipici, Sonetti palindromici (1992, 4)

Piero Falchetta
Frammenti in vita
Combinazioni monorime con commento (1993, 5)

Ruggero Campagnoli
Vocalizzi Zulu, Sonetti monovocalici latenti,
con una cartella di 5 serigrafie,
Proiezioni e vocali in ombra, di Totò Radicchio (1994, 7)

Elena Addòmine
Forme For me, Traduzioni omografiche (1994, 7)

Raffaele Aragona
La viola del bardo, Piccolo Omonimario Illustrato (1994, 8)

Aldo Spinelli
Le ripartite, Rimbalzo statistico (1994, 9)

Ruggero Campagnoli
Sestine per modo di dire,
Testi locuzionali semiautomatici (1994, 10)

Sal Kierkia
(a cura di) *L'isola teletrasportata*, Anagrafie (1996, 11)

Paolo Albani

Geometriche visioni, L'alfabeto raffigurato (1996, 12)

Paolo Albani

Rose osé, Lettere rubate (1998, 13)

Màrius Serra i Roig

Turandot espuri, Solfeix (1998, 14)

Luca Chiti

L'infinito futuro, Sillabe in crescenza (1999, 15)

Oplepo

Giallo di Anghiari, Misteri obbligati (1999, 16):
- *Analisi finale*, di Elena Addòmine
- *La disparizión*, di Raffaele Aragona
- *Alloro per loro*, di Brunella Eruli
- *Una parola d'oro*, di Piero Falchetta
- *Numero tredici*, di Sal Kierkia
- *Un caffè per tre*, di Giuseppe Varaldo

Oplepo

Esercizi di stime, Acronimi elogiativi (2000, 17):
- Elogio dell'*Opera poetica limitante entropiche profondità ombelicali*, di Elena Addòmine
- Elogio dell'*Oscurità poetica laureata esibendo parole oblique*, di Paolo Albani
- Elogio di *Ogni poema lipogrammatico esprimente potenzialità oscurate*, di Raffaele Aragona
- Elogio dell'*Ospedale per lemmi esausti, provati, obesi*, di Alessandra Berardi
- Elogio dell'*Operosa pastorelleria legata, elegantemente poco ortodossa*, di Luca Chiti
- Elogio dell'*Ostinato premere lemmi endecasillabici producenti oleosità*, di Brunella Eruli
- Elogio dell'*Ostracismo politico, legge emarginata, punto O*, di Sal Kierkia
- Elogio dell'*Osar poetare liberamente, evitando penalizzanti ortodossie*, di Maria Sebregondi
- Elogio dell'*Ombra, proiezione labile eppure pressoché onnipresente*, di Giuseppe Varaldo

Luca Chiti

Il centunesimo canto, Philologica dantesca (2001, 18)

Paolo Albani

Fantasmagorie, Parole in bianco (2001, 19)

Giulio Bizzarri

Art caveau, L'invisibile pittura (2001, 20)

Ermanno Cavazzoni

Morti fortunati, Slittamento proverbiale (2001, 21)

Oplepo

Il doppio, Due per uno (2004, 22):
- *Doppio senso*, di Alessandra Berardi
- *Double-face*, di Anna Regina Busetto Vicari
- *Il doppio imperfetto*, di Brunella Eruli
- *La scoperta dell'America*, di Domenico D'Oria
- *Duplex*, di Edoardo Sanguineti
- *Lingua doppia*, di Elena Addòmine
- *Il romanzo equivoco*, di Ermanno Cavazzoni
- *Specchio*, di Giulio Bizzarri
- *Senso doppio/doppio senso*, di Giuseppe Varaldo
- *Kamasutra*, di Maria Sebregondi
- *Il punto di vista, anche*, di Paolo Albani
- *Teoremi e assiomi*, di Piergiorgio Odifreddi
- *Raddoppi*, di Raffaele Aragona
- *Doppio doppio*, di Sal Kierkia
- *Doppio*, di Totò Radicchio

Piergiorgio Odifreddi

Riflessi in uno zaffiro orientale,
Diari minimi di viaggi effimeri (2005, 23)

Sal Kierkia

Preludi, Tempo obbligato (2005, 24)

(*) I primi 24 fascicoli, riuniti, sono pubblicati ne *La Biblioteca Oplepiana*

Oplepo

A Italo Calvino (2005, 25)
- *La galleria dei destini incrociati*, di Paolo Albani
- *Rapsodia di fiori in blu*, di Brunella Eruli
- *Permutazioni bibliografiche*, di Domenico D'Oria
- *Lezioni italo-americane*, di Elena Addòmine
- *Alluvione d'aiuole*, di Sal Kierkia
- *Conoscenza della forma*, di Anna Busetto Vicàri
- *Italo Calvino in ottava*, di Giuseppe Varaldo
- *Sulla luna giraffa*, di Maria Sebregondi
- *Paronomàsie*, di Raffaele Aragona

Oplepo

Chimere, Esercizi funzionari (2206, 26)
- *La Chimera Incapricciata*, di Anna Busetto Vicari
- *La chimera di* Spoon River, di Brunella Eruli
- *Kimerik polito-logico*, di Domenico D'Oria
- *Chimere shakespeariane*, di Elena Addòmine
- *Sonetto della Chimera*, di Edoardo Sanguineti
- *Percorsi per-versi d'una chimera*, Giorgio Weiss
- *Manghiscoli*, di Ermanno Cavazzoni
- *Chimere*, di Giuseppe Varaldo
- *Tradurre, una chimera? PER-QUE-NEAU!*, di Maria Sebregondi
- *Mi illudo*, di Paolo Albani
- *Chimere napoletane*, Raffaele Aragona
- *I cosi così*, *di* Sal Kierkia